청어詩人選 126

텍스트에
대한 예의

조상용 시집

청어

텍스트에 대한 예의

조상용 지음

발행처 · 도서출판 **청어**
발행인 · 이영철
영 업 · 이동호
홍 보 · 최윤영
기 획 · 천성래 ┃ 이용희
편 집 · 방세화 ┃ 이서윤
디자인 · 김바라 ┃ 서경아
제작부장 · 공병한
인 쇄 · 두리터

등 록 · 1999년 5월 3일 (제22-1541호)

1판 1쇄 인쇄 · 2014년 5월 1일
1판 1쇄 발행 · 2014년 5월 12일

주소 · 서울 서초구 효령로55길 45-8
대표전화 · 586-0477
팩시밀리 · 586-0478

홈페이지 · www.chungeobook.com
E-mail · ppi20@hanmail.net
ISBN · 979-11-85482-34-7 (03810)

이 도서의 국립중앙도서관 출판시도서목록(CIP)은 서지정보유통지원시스템 홈페이지
(http://seoji.nl.go.kr)와 국가자료공동목록시스템(http://www.nl.go.kr/kolisnet)에서
이용하실 수 있습니다. (CIP제어번호: CIP2014012595)

이 책은 강원도, 강원문화재단 후원으로 발간되었습니다.

텍스트에
대한 예의

조상용 시집

어디서 본 것 같은데 주석(註釋)을 달 수 없는 문장들에
미안한 마음을

그리고
연애가 뜨겁던 날 나란히 앉아 있었던 당신들에게
고마운 마음을

쓴다.

2014년 봄
조상용

c·o·n·t·e·n·t·s

3

4

 • • • • • • 텍스트에 대한 예의

1

그 겨울, 광화문

마주한 찻잔의 테두리를 둘러
소문 없는 그림자만 쨍각쨍각 했을
우리만 몰랐던 그 겨울
지구의 자전을 따라 허공에 틈이 생기는 그 저녁, 그 시각
몇 번쯤 반대쪽으로 기우는 테이블을 바로 잡으며
세상 모든 서사의 주어가 당신과 나
그리고
기억하지 못하는 서술어는 웃음으로
생략하기로 했다

한 잔에 삼백 원 하는 커피의 새까맣게 타는 온기가
모퉁이를 돌다
자판기 앞에서 뭉텅뭉텅 잘려나가고
한 발만 떼어도 남겨둔 사람이 되는 그 겨울, 광화문
반쯤 기울어진 달은 밤하늘에 어깨를 내어주려 하는데
성큼성큼
서늘하게
등 뒤에 두고 온 시간이
빼놓고 온 사랑니도 아픈 이야기가 되더라도
가끔은
당신과 내가
나란히 앉아

가장 천박한 언어로 서로를 바라봤으면 하는
바쁜 발소리 유난스레 앞질러
더께 내려앉았다

시인들

컹컹, 수노루
까마득한 가슴 아래 돌서렁 허무는
사슴이 되지 못한 족속의 피란
한 음절의 비루한 텍스트
영하 몇 십도 칼바람도
틈을 내어주는 찰나의 간극
살아있는 것과 사라진 것의 거리는
자음이 모음에 반해 돌아올 일상, 나이거나 너
입에서 입으로 건네는 것들은 달콤하거나
달콤하거나
달콤하거나

약자에겐 편이 없고
흰 당나귀는 밤이 좋아 응앙응앙 울고*
쩍쩍 갈라진 여명은 구름의 단층에 걸리고
차마
소문 속으로 숨어들지 못하는 이명(耳鳴)은
시제를 확인할 수 없는 행간에서 멈추고
낮은 밤보다 더 달콤하거나
달콤하거나
달콤하거나

쓸쓸하거나

나는 어제도
그 속에 산다

*백석, 「나와 나타샤와 흰 당나귀」

칸첸중가

칸첸중가의 자간(字間)은 항상 우기(雨期)다
동백이 피었다고 허무하게 자랑하는 이 없지만
미처 피우지 못했다고 웃는 이 또한
설 자리 없는 이 산에서는
산이 좋아 산에서 지는 꽃을
꼭
껴안고 내려와야 하는 무지한 동행만 있어

품에서는 계절이 파노라마로 환생하지만 절대
숨 붙이고 만나지 못하는 칸첸중가의 여신을 본
돌아가야 할 곳 있는 사람은 돌아보고
또 돌아보다
말고 툭—
더 내려가지 못할 어느 설원 귀퉁이에
보석 하나 꾹 박아두고
말소리만 간신히 알아들을 수 있는 무전기는
잡음으로도 제법
이미자의 동백 아가씨만 불러 제끼다
타국의 말 사이에서 꾸역꾸역
네 발로
이렇게도 낭만적인 우기(雨期)를 관통한다

비풍초똥팔삼

나쁜 사람,
먼저 간 친구의 부음을 어떻게 알려야 할지
휴대전화만 만지작거렸다 거울 보며 가위바위보 하는 날
처럼
숨이 가득 찼던 순간

당신이 했던 말을 알아듣지 못해
폭설 내린 새벽 그 여명에 청진기를
가슴에 대 보지만
내 심장 소리만 더 크게 귀를 막아
큰 한숨으로 얄팍하게 안도 하는데
멀리서 툭
봉분처럼 쌓였던 눈
떨어지는 소리

무심하게도 들린다

추야우중(秋夜雨中)

이런 날
가을이었고 비 내리는 밤, 마주앉은 너는
말했다 콘돔의 불량률과 향후 교육 예산의 증감에 대한
거시적 관점이
가지는 상관관계를, 미래 통일 한국의 사회적 혼란에 대처
하는 방안과
연계하여, 시간이 지나도 잊히지 않는 것은 첫사랑이라고
내 눈을 보진 않았지만 나는 네 눈을 보았다
첫눈 내릴 것도 같은 날이었다 문밖
종종걸음에도 낙엽 지고 자동차 꽁무니는 연신 입김을
불어 냈다
한쪽 벽 비닐로 싸맨 벽걸이 선풍기엔 먼지가 까맣게 내려
앉아있었다
우산을 가져오지 않았다
나는 말했지만 너는 보이지 않았다
일기예보도 끝나고 품엔 아직
시집 서너 권 달싹거리는데 너무 빨리
비가 멎었다 첫차는 멀었는데
막차는 떠났다

처서(處暑)

아프지 않게 청춘이 가고
나니 아프다
달력 한 장 넘기며
또
다행이다 싶었는데 난데없이
늦바람났는지
날 새는 줄 모르고,
이젠 사랑니도 없는 가슴 어디께
숨었던 숨이 뭉글뭉글 뭉쳐
도통
밖으로 나오려질 않는다

큰
달력 가득한 숫자보다
작은 글씨가 점점 더 또렷해져
한(寒) 데서 자면 입 돌아갈 일만 남는 나이
말복 지나고 처서라더니
청춘은 어느새
저만치
등 뒤에 있다

가슴이,

가슴이 뛴다
영정 사진 들었던 두 손이 죽을 만큼 시려서
동동 발 구르며 뛰었던 그 겨울처럼
가슴이 차다
철새떼 그림자 반대쪽으로만 계절 기다렸던
호숫가 억새 군락의 꺾어질 듯 찬란한 그리움처럼
가슴 묻는다
저기요…… 몇 번
입술 달싹이다 멋쩍게 웃지도 못하고 차마
이름 부르지 못했던 사람 떠나보내듯
가슴이 말한다
도토리 풍년이었던 날 뒤에 두고
다 자란 멧돼지도 마을로 내려와야 했던 그날처럼
가슴 시리다

별 다방 김양 눈동자가 커졌다
야한 이야기는 시작됐다
이제
곧 나이 마흔

무성영화

성난 비가 허공에 도끼날 세우는 날

무슨 사연 그리 많아 이렇게도

저렇게도 서러운가, 서러운 것일까

내겐 서러워 보인단 말인가

우산 없이 걸어가는 저기 저 남자 말없이

온몸으로 사연 들어주는 그도 누군가에겐 허공일 텐데

잔뜩 허세 부려가며 고작 창문 닫아걸면

보이던 것 그대로인 고요함 속에서 쩍―쩍

소리 없는 소리에 귀만 자라고 뜻하지 않게

동병(同病)이면 상련(相憐)이라 했던가

무성영화의 제목은 창밖 풍경

반전(反轉)

하늘빛도 늘어져 주름 잡힌 한여름
알 듯 모를 듯 화기애애한 골바람 차는 오후
그 시작인지 끝인지 표식 없는 한적한 골짜기 입구
미루나무 몇 그루 옛식으로 수문장처럼, 물길에서 살짝
비켜선 낮은 제방 따라
솜털보다 가녀리던 바람이 가득 차자 후- 하고
참았던 숨을 불어내는 찰나,
손 놓고 있던 잎사귀들이 일제히
까르르 뒤집어지는데
아! 이 황홀한 반전을 어느 서사가 감당해낼 수 있을까

종종
시인이 된 게 다행이다 싶은 때가 있다

음력 11월 23일

짜장면 한 그릇 다 비우고 나니
그 속에
한 입
베어 문
단무지 하나

채우면 비는 것이 있기 마련인데
헛헛해서
기우는
그 속은
오죽할까

운길산 역에서

사월 초파일을 한나절쯤 기울인 날
볕을 쬐던 시간도 잠시 망설이는 운길산 역에서, 보았다
마름을 여미고 일상을 저미는 등 뒤로 피어나는 꽃
채 맺지도 못한 계절을 기다리기도 전에 산허리까지 올라
서는 단풍
가을을 휘감고 역으로 들어오는 저이들
굳이 찾아 나섰던 해탈을 등에 지고 집으로 돌아가는, 아직

오겠다던 기차는
이제나저제나 멀었는데 발끝은
들리지도 않는 심장 소리에 장단 맞추고 서둘러
잘 가, 봄

적막(寂寞)이라는 시차(視差)

어찌할 수 없이 가을이 겨울로 가는 시간 수년 전엔
태곳(太古)적 고요가 일상이었을 골짜기가
욱여넣은 펜션촌의 환락이 빠져나가
영화가 잔상처럼 들어앉아 쓸쓸함도 습관이라
오로지 첫눈에만 기대는데
영혼들의 굿판에 잘못 끼어든 바람은 길 잃어
촛불 하나 끄지 못하는 나른함으로 이름을 내려놓고
송이 송이마다 음각으로 가슴을 파고 있으니
바람의 가슴은 검은색

머리에 꽃을 달고 무당이 되어 돌아온 누이 곁에서
징을 쳐대던 서러움에 미쳐 젖가슴에 손을 넣어보려던
어리광이
신과 마주하던 날의 서늘한 눈빛을 잊지 못해
오로지 잠든 허물의 흰 속옷에 코를 묻고 누웠는데
인간에게 주어졌던 봄볕 농익은 냉이 향이 없어
쓸쓸함은 아무리 달리 보아도 낭만적이질 않아 이젠
시차(視差)에 드는 노안(老眼)을 시기하는 일에도 무릎 시린
바람이 드니
떠나보낼 것이 많아지는 시간에 움푹 파인
바람의 전생(前生)은 흰색

그림자의 운명

종이 울릴 때마다
서리 낀 아침처럼 오한에 떨어야 하는
애정이 결핍된 사내는
단숨에 오 층 계단을 뛰어오른 어떤 날처럼
가빠지는 자맥질을 겨우 놓을 수 없어 살고 산다지만
길 위에서 숨을 거두는 삶이 어디 그뿐이겠는가 싶다가
안쓰러워 돌아보면
빗방울이 지상에 닿기 전 안개로 자리 잡고
길마다 발자국이 깊어지는 그런 날
그는 지상 어디에도 없다

재회는 기약일 뿐
윤회하지 않는 것과 윤회를 믿는 것의 질긴 인연은 오로지
아침 앞에서만
서로에게 모질어질 뿐 운명 지어지는 것들은
의미를 빼고도
별안간 도열하는 인연으로 남는 것 그래서
불쑥불쑥 아침은 오고, 또 오고

일상에 그리움을 더하면 일탈이 되고

일상을 일상으로 덮는 날들에도 유독 그리운 날이 남을 때가 있어,
그리움이 비밀과 같아서 말하는 순간 깨어진다 하더라도 그립다
말할 수 있는 날들이 하루 쯤 첫눈 기다린 봉숭아 꽃물처럼 조금만 남아 있다면 오후 세 시
허름한 식당 낮잠에서 놀란 주방 인기척에 불청객이 되더라도
전혀 미안하지 않을 지도 모를 일이다

生死路는 예 이샤매 저히고*

아마도
베색 완장이 손목까지 흘러내린 상주(喪主)는 삼일은 꼬박
울었을 것이다
지독하게 검은색만 지나갔으니 그의 눈물은 검었을 것이다
눈물이 말라버려 하루는 입으로만 울었을 것이다
몰려오는 맞절에 백팔 배를 몇 곱절로 하고 빌고 또 빌었을
것이다
조위금을 불전(佛錢)이라 생각했을 리는 만무하겠지만 향
피우고 절하는 일이 다 그래 마음만은 간절했을 것이다

아마도
빛나지도 않는 광(光)을 숨과 바꾸고 죽는 이는 스스럼없
었을 것이다
곡소리도 나지 않게 하룻밤에 수십 번은 죽었을 것이다
덕석 위에서 삼일 밤낮을 산 사람이 대신 죽어 나갔을
것이다
깔고 앉은 몇 푼이 흐뭇해 웃으면서 죽어나갔을 것이다
웃지는 못했을 것이다, 목숨 값 치르고 광(光)을 산 이도

울면서 오는 일에는 삼백일이라는 기대를 주면서
꽃이 다 지는데도 한 계절을 통째로 내어 주면서
하늘의 일기를 말하는 천기누설에도 일주일치의 변명을

26

주면서
울면서 보내는 일에 고작 삼일의 양식만 주니, 야박하게
본전(本錢) 때문에 살고 죽는 이가 오죽했을까마는
웃으면서 죽는 이도 그만큼일 것이다
허패(虛牌)를 쥐고 산 이도 그만큼이었을 것이다

광(光)을 사다 보면, 본전(本錢) 생각이 기울어도 어찌할 수
없이 파는 날이 오는 것이리라, 덕석 위에서

*제망매가(양주동 해석본) 첫 구절 인용.

임종

내용물 다 비우고 찌그러진 페트병처럼 한철 목마름에 주름 자글한 실개천이 보신각 종소리 듣지도 못하고 억새들의 난에 폐허가 된 채 점령당했다
그것이 갈대라 하더라도 자존심 상할 판국에 억새라니 심장이 발바닥에 붙어 억장이 무너질 소리다
병을 낫게 해주었거나 장원급제를 도와줬다는 전설의 고향은 아니더라도 단지 물이 흘렀다는 눈물겨운 영화를 기억하는 이는 지난 계절에 산나물을 뜯으러 다녀갔었던 누군가들뿐, 그 지난 계절에 풀뿌리에 존재를 후볐던 멧돼지들뿐
또 하나의 대지가 탄생하는 날
부지불식간에 시나브로 겨울은 오는데 계절도 어기고 가야만 하는 난국
굴러온 돌도 박힌 돌도 미래를 그리워할 수 없는 무너진 낭만주의

적자(嫡子)는 난리를 피해 저 뜨거운 중력 속으로 숨어들었으니 가치는 실리에 반응하고 명분은 중력에만 이끌릴 뿐 이제 존재는 땅 밑으로 흐른다
피는 뜨거워야 하는 법
그래야 겨울을 어기고 살아가는 법

가을에서 겨울로

무서리 펑펑 공갈포에 날보다 먼저 날이 새
한가할 거리도 두지 못하는 어둠이
근심은 고랑처럼 꺼지고 허기가 이랑처럼 휘는 동구 밖
들녘에
느지막이 뒷방으로 내 앉은 촌부(村夫)를 불러냈다
착착착,
손 익은 낫자루가 나무라는 아비의 회초리처럼
밤이슬 난장에 철없이 나대던 고추 대궁 때리면
소리도 없이 가지런히 조아리는 몇 백, 혹은 몇 천의 탕아
(蕩兒)들

첫 서리가 내리기 전
늦가을, 늦잠에 자리보전한 안방 구들에 고추를 성글어
놓아야
조반(朝飯) 한술 떠내지 못한 아궁이에 군불 지피는 날 온다
느지막이 내 앉은 촌부(村夫)는 그제야 작정하고 뒷방
노인네가 된다
깔고 앉은 고래가 유독 시커멓게 그을리는 심정도 아비라
서 다 안다

5일 전, 입동(立冬)

아마도
손 놓고 들로만 귀 세우던 호미 자루 겨울처럼
질기게 지루했을 것이다
입동(立冬) 문턱까지 대견하게 견뎌 주었던 입술이
내려앉은 하늘에 깔려 툭 터져 버렸으니
그 마음은 짐작하고도 남을 일이다

그럼에도 불구하고
겨우내, 벌어진 틈으로
질기게 지루했던 지루함이
넝마로 남을 일을 생각하고 있으니
그러니
상처가 더디 아무는 일이 나이 탓만은 아닌 것이다

2

너의 반대말을 생각하다가

너는 바다를 그렸고 나는 산을 오르고 있다
너는 예쁜 여자가 좋다고 했지만 너의 결혼식엔 주례가
없었다
나는 아무 말도 하지 않았다
이것은 지난밤 꿈에 대한 이야기다
이것은 어릴 적 꿈에 대한 이야기다
이것은 너의 입에 대한 이야기이기도 하고
나의 귀에 대한 이야기이기도 하다
딱히 뭐라고 정해둔 규칙은 없다 말하고 싶은 대로 말하다
보면
그게 규칙이 된다
그러나 너의 반대말은 내가 아니다
이 허술한 비유가 틀렸으면 틀렸다고 해도 좋다
하지만 이것은 하나에 하나를 더하면 셋이 되는 이야기는
아니다

정의의 사람들

전통적으로
쫓기는 자는 도둑이고 쫓는 자는 경찰이었다
앞서 가는 놈은 나쁜 놈이었고 따라가는 놈은 좋은 놈이
었다
앞만 보고 뛰는 사람은 가해자였고 뒤에서 소리치며 따라
뛰는 사람은 피해자였다
그런데 만약 당신이
앞선 누군가의 덜미를 잡았다면 문득 호기가 발동해 발이
라도 걸었다면
그 사람이 뒤에서 온 누군가에게 붙잡혔다면
그런데 만약 당신이
길을 막은 이가 영웅이었다면
도와준 이가 악당이었다면

전통적으로
영웅이 지켜냈던 지구를 이제부터 당신이 지켜야 한다

근대문악(樂)의 종언

며칠 동안 '비가 온다' 와 '비가 내린다' 를 두고 불을 끄지
못했다
또 며칠은 '비가 그쳤다' 와 '비가 멎었다' 를 놓고 발가락만
긁어댔다
한 문장을 만드는 데 그렇게 며칠 동안과 또 며칠이 걸렸다
나도 모르는 새 수염만 잘도 자랐다
그러는 동안에도 비는 내리고 멎기를 오다 그치기를 수시로
반복했다
장마였다
멋대로 깊어진 수심은 둑을 넘었다
물난리였다
물이 다 빠지고 나면 안다
불난 자리엔 재가 남지만 물 나간 자리엔 아무것도 남지
않는다는
당해본 사람만 아는 거짓말을
그래서 고쳐 읽는다
근대문악(樂)의 종언이라고

늘, 시인은 을(乙)이다

한약을 잘못 먹어서 어릴 때
동네마다 한 명씩은 꼭 있었던
차원(次元)의 경계를 머리에 꽂은 꽃 한 송이로 갈음하던
그네의 입으로 흥얼대던 노래처럼
차마 미쳤다는 말을 쏟아내지 못하던 간지러운 웃음처럼
갑(甲)이 을(乙)에게 보이는 너그러움 너머에서
시(詩)가 웃는다

이 빠진 톱날처럼 듬성듬성 허공을 매달고 보란 듯이
가슴에 그만한 구멍이 생기는 것은 아랑곳하지 않고
몇 날을 그림자 뒤에 숨어서 웃기만 한다 야속하게
배알이 꼴려 아무것이나 콱 박아두고 보니 그 속이 자갈
밭이라 이번엔
시인이 웃는다

허허실실 웃음 주고받다 보니 그것도 세월이라고
알토란 같이 시(詩)는 차는데 썩는 도낏자루처럼 시인은
비고
그 흔한 치과를 생각해 내지 못해
종합병원을 적어 넣고 또
그저 웃는다
시인이라는 놈이, 고작

불쾌한 관계

눈물을 흘리고 싶은 날 누군가가
방울방울 맺힌 노여움을 바늘 끝으로 수놓아 주길 바랐는
지도 모른다
그곳이 심장 한가운데일 것이라고는 꿈에도 생각 못했으니
아픈 것은 심장이어야 하는데, 마음이 성근다
눈물은 여전히 흘리지 못하고 있다
의사의 잠정적인 결론은 안구건조증이라고 했다
손에 쥐어 주었던 바늘이 부족국가에서나 쓰던 동물 사냥용
창만큼 부풀려 돌아왔으니
우연치고는 황홀한 반전이었다
베이킹파우더로 반죽 된 도우(Dough)가 텍스트로 구워질
때부터
5년 전 마지막으로 업그레이드를 끝낸 내비게이션의
전원을 켤 때처럼 오늘
길 한복판에서 부유(浮遊)하리라는 상상이 호기심치고는
순진하기만 했다

불편함이 불쾌함을 만든 것은 운명 지어진 지구인들의
인연에 대한 낭만일 뿐
슬픈 영화가 끝나고 나서야 마주 볼 수 있었던 거리 만큼에
시인도 마음 놓고 말할 수 없는 것이 있다
태양과 달이 살갑게 만나는 법에 익숙하지 못하듯

내가 뭐라고 당신을 귀찮게 하는가를 묻는 것은 당신이
뭔데 나를 귀찮게 여기는가를 묻는 것과 다르지 않기에
무수한 별 사이에서도 밤은 외롭고 그저 그립기만 한데
그리운 것이 많아지는 날엔 늘 이렇게 슬픈 일이 먼저 찾아
온다

불쾌한 것의 유통기한은 부풀었던 빵이 식는 시간과 비례
한다

풍경 2010

강아지는 개가 되었고, 송아지는 소가 되었고, 망아지는 말이 되었는데 강은 바다가 되지 못한다는 소리에 심장이 멎는다

스스로 말하지 않았음에도 언제부턴가 그리 불려 왔으니 억울할 것이 없는 인간이 억울함을 만든 것은 스스로 묘비명을 지은 까닭이다

바라지 않아도 겨울이 되면 영원이, 순간이 되는 시간이 오는데 진화하는 조급함은 그 성미를 추스르지 못하고 침팬지의 꼬리에 불을 붙인다 냇가에서

아침나절에 얼굴 씻기던 그이가 정오에 백 리쯤 달려가 있다면 저녁엔 이백리쯤에 먼저 가서 기다리면 될 터 그러하지 못할 바엔 종이배라도 하나 띄워 보내면 조바심은 달래주련만

바닥까지 내려앉아 숨을 붙이려는 억지가 자못 무덤 속에 들어앉은 수백 년 전 미라 같아 푸석푸석한 것이 못마땅하기만 하다

소실점 덕분에 지평선을 얻고 강을 잃었으니 보이는 것은

모두 이명(耳鳴)에 지나지 않는 것,
그래서 너는 불행해야 한다

길은 길이어야 한다

사이비 교주 같던 니체의 말 한마디에 화장터로 몰려갔던
신들은 사리 하나 남기지 못했지만
종의 보존을 위한 길고 긴 하소연이 푸르고 깊은 물길이
나마 남겼으니
순간이 점에서 영원하리라던 시간이 뜻 모르게 휘몰아칠
때마다
경전(經典)을 성전(聖殿) 높이까지 쌓아 올리기만 할 뿐
인간은,
나란히 따라가기만 했다
할 수 있는 거라곤 도무지 없었고 없어야 했었는지도
모른다
회귀하는 새로움의 언변이 어리석음을 만들 줄 그는 몰랐을
것이다 니체도 몰랐을 것이다

오만이 문제다

이제 막
미친 두근거림으로 사리탑을 돌던 발길이 떼 지어 뭍을
나섰으니
개 짖는 소리마저 청청하게 푸른 가마터에서 숨을 참아야만
도달할 수 있었던 거리는
지척에서 소리도 다그치지 못하는 아늑함에 오롯한 풍경이

되겠지만
충분히 낭만적이지 못해 감동이 덜 하더라도 살아있는
것은 살아서 눈물겨워야 할 뿐 물은,
길을 탓한 적이 한 번도 없었다
아파 보지 않고 아픔을 말할 수 없었고 없어야 했는지도
모른다
애초에 잡아 두고 매만질 수 있는 것이었다면 나란히 따라
가지만은 않았을 것이다 니체라도 그러했을 것이다

나는 이제 종이배를 접지 못할 것 같다
미안하다 안드로메다여

재개발은 숨을 참는 법이 없다

그해, 여름과 장마가 오기 전까지 불모(不毛)로 수풀에 억압되었던 볼모는 반듯하게 날을 세운 위엄으로 당당하게 호위 되었다 어떤 이는 바람이라 했고 또 다른 어떤 이는 빗살이라며 마실 나온 귀동냥을 연민하기도 했다
손끝이 여려질수록 거대해지고 눈 끝이 말라 들수록 또렷해지는 형체는 경계를 오롯하게 올려붙여 지난날이라는 수식을 앞세운 표지석을 박물관에 박제했다
영화(榮華)는 학문이 불탄 자리의 그을음으로 화덕이나 아궁이가 될 수는 있겠지만 무심코 소변으로 불을 그리던 난잡한 소각장은 될 수 없었을 것이다

그것이 바람이 빗살로 복제된 왕국의 치명적인 아름다움임을 누구도 말하지 않았다

시인의 말

시인의 말을 쓰려고 생각하다가 그 말이 암말일까 수말일
까 생각하다가 말장난하지 말라던 그녀에게 전화로 물었다

아마 수컷일 걸

불륜은 찢어진 콘돔으로 결정지어진다 이전엔 로맨스다
딱 한 번으로 끝났다 이제 스스로 발기하지 않는 좆은 오줌
쌀 때만 꺼내야 한다

소설이 암컷이므로

늘그막에도 오롯하게 마음이 일어선다면,
가자

한국을 사랑하겠다던 재일교포처럼 실패한 짝사랑은
스토킹이 되기 마련이다

품바의 노래를 듣다

광대의 사주(四柱)를 가지고 청청한 허공에 줄 하나 그어
가며 휘청휘청 휘영청 내려 보지 못하고
몸뚱이 먹여 살리는 아가리라고 상놈의 욕지거리 하나로
희노애락애오욕을 희희낙락 농락하고 섰으니
청화백자에 바닷물을 담았다 한들 깊이가 다른 내막임은
너도 이미 알았음이야

가슴 뜨겁게 되새기며 게워내는 상소리가 누구에게나
막장에서 꽃피는 서글픈 팔자라서
눈물도 웃음으로 넘기게 하는 재주를 욕보이는 자학은
모난 상처를 스스로 깨 내는 도공(陶工)의 쓰라린 반전
같은 몸이라도 태생이 목석(木石)이라 배운 것이 한량
짓이니 허허실실 웃어넘기는 아량은 애진작에 태웠다고
말하지 않았어도
시를 쓰는 짓은 본디 타고남이 아니었음을 오늘 나 알았
음이야

이미, 호령할 천하를 버리고 저자의 법도(法度)로 그림자도
구차한 조아림을 헤아리는 일이
차마, 질끈 감은 눈으로도 버리지 못하는 알량한 의식 앞에
문자를 붙잡고 비수를 감춰두는 일도
모두 하나같아서

삼천 원짜리 슬리퍼가 난전(亂廛)의 싸구려 쿵짝에 빠닥
빠닥 발바닥을 쳐 대던 날 버릴 수 있는 것을 찾다가
시를 버렸다

억지로 쓰는 시

서울 시내 한복판
때를 놓친 입소문이 긴 줄 끝에서 흩어지고도 경첩 닳아
지는 소리로 나비 떼 날아 그만큼을 더 수군거리는 바다
횟집
출입문 양옆에 맺힌 인도양과 태평양 사이에 서서 어부는
뜻대로 제 이름을 저미고 생선이 되는 일도 장담하지
못하는 바다의 주인을 힐끗 쳐다본다 어부는

밖에서 혹은 위에서만 익숙해졌을 뿐 물속에 사는 그들과
눈 맞추는 일이 불편하기만 하다 시인은
시간이 세월 되는 동안 어부 마음대로 엮었을 이름이
목구멍에 걸린 달처럼 못마땅하다 시인은

찬란한 바다를 상상한다 그러는 동안
한 접시의 이름을 다 비운 어부는 바다로 나갈 채비를
하며 급하게 귀향을 서두르고 시인은
바다를 쓰기 위해 자음과 모음을 섞어 분리수거도 되지
않는 가시를 마구 뱉어 놓는다 어부는

지금쯤 바다 위에서 배 위에서 기표도 기의도 알 수 없는
아득한 깊이에 멀미하며 몸을 흔들어멜 텐데 그러고 보면
참 씁쓸한 존재다

겨우내 물주며 보살핀 화분에선 소문만 무성한데 접시에
코 박고 바다를 우길 줄 아는 시인은

청동거울 뒤에서 박물관을 상상하다

숫자로 말해야 알아먹을 만한 5번 국도

그 시작인지 끝인지 모를 악 다문 매듭에 닿으면 안보가
관광이 되는 불안한 동거가 볼모로 끌려간 생각을 위한
촘촘한 감옥을 짓고 있다 시인에겐 불편한 구역

그곳엔 물도 고여 호수가 된다 사람들이 던져주는 먹이를
잘도 받아먹으면서 물고기는 무럭무럭 자라지만 신비스
러울 만치 소리는 물 아래서만 약속을 지킨다

이곳에서만 칠십 년을 살았다는 늙은 어부는 사람의 생각
을 먹어서 물고기들이 씨알도 굵고 맛도 좋다고
즉석에서 민물 매운탕을 권한다 그도 가보지 못한 물속이
있다며

호수는 푸르다
얼마나 많은 생각이 독기를 품었던지 호수엔 퍼렇게 날이
서렸다 그래서 푸르다고 쓰는 것인데 푸른 것은 하늘색이
란다 그래서 나는 호수는 호수색이라고 쓴다

어부도 배를 묶고 돌아간 느지막한 오후 물고기 몇 마리
하늘색을 받아넘기는 호수색 호수 위로 몸부림을 쳐올리

지만 단지 그뿐
몽타주의 영혼엔 그림자도 없다

조금만 더

도루묵찌개 같은 연말(年末) 냄비 바닥 긁어
미련이라도 박박 목구멍 넘기려는 저녁
지상 가장 높은 곳 구부정한 영혼
가장 늦게까지 그림자와 조우(遭遇)할 수 있는 곳 그래서
일찍 불 꺼 주어야만 하는 달동네
독거노인 쌀 전달 텔레비전 프로그램 보면서
식후불로장생(食後不老長生) 연초(煙草) 피워 물자 등 따시고
뱃속엔 미련만 가득 불은 따신 방에서
담배연기 동공 거슬렀는지 눈앞에 먹구름 낀다 창 밖
호시탐탐 기회 노리는 한기에 연기 내어주고
이불 밑에 숨어들면 맑아질까 짧은 생각에 그대로
수음(手淫) 들킨 여드름 아이처럼
연탄 한 장, 쌀 한 되, 담배 한 개비만큼
고급 아파트 CF 나올 때까지 그만큼
마음 짠해 꼴에 꼴값 못하는 시인이 뭘 쓰려 하는데 그것도
흘려버린 것이라고 그새 못 참고 말이 말라붙었다
담배 한 개비 더 피워 물면, 미련만
목구멍 넘어 재떨이 가득 몽당몽당 잘린다
돈 되지 않아 돈 들지 않는 눈물 더 남았더라면
조금만, 당치도 않겠지만
홀로 터트리지 못해 재워두었다
떠나는 날 스스로 터지고 마는 고단한 이름 불러 주었을

것을
지레 범벅 되고 마는 알량한 오지랖, 어디 가서
시 쓴다고, 숨기고 살아야겠다
저 높은 곳엔 달이 살지 않는 게 확실하다 시인도

풍경의 발견

점점 멀어지는 그대는 아름답다 눈물을 흘리는 날에는 더욱 아름답다 소실점 끝에서 풍경으로 재현될 때까지 연민은 거듭 재확인된다 하지만 사라진 그대가 어찌하였는가는 알지 못할 일이다 내가 여기서 한 발짝도 떼지 못하는 심정이 멀어서 가까운 것만 볼 수밖에 없는 마음의 거리를 만들었다 믿음은 여기서 깨어진다 멀리서, 나의 뒤에서, 나를, 그리고 그대를, 그린 화가의 그림에 나보다 더 키가 큰 그대는 없다 비로소 그대에게 그리움대신 소총을 난사하는 일이 어렵지 않게 되었다 잘 가라 사랑이여

표지판도 없는 동굴 입구에서 길 잃은 그대는 잠시 망설일지도 모르겠지만 비바람 피하는 곳이 그대 마음속이라 착각할지도 모르겠지만 발길 더듬어 돌아오려는 어리석은 감성은 깊이 묻어 두어라 해가 뜨거나 해가 지거나 빛은 그림자에게 호흡하는 법을 알려줄 것이니 걸어 들어가면 나오는 곳이 길이라 여기거라 안과 밖이 숨의 차이로 들어맞는 아귀라 동의해 준다면 그대를 바라보는 나마저 존재가 되지 못한다는 것을 이해할 수 있을 것이다 충분히 감각은 화폭에서 관대해지는 법이니 잘 가라 첫사랑 미술관이여

소화불량

손가락을 숟가락처럼 구부려 목젖을 누른 후에야 헛구역질을 멈출 수 있었다 위에서 채 소화시키지 못한 글자들이 후두둑 아귀를 달리하고 쏟아져 나왔다 공들여 맞춘 퍼즐이 한순간에 흩어진 모양을 하고 도열해 있는데 유독 하나의 단어만 오롯하게 그 모양새를 지키고 있다 몇 개의 자음과 몇 개의 모음이 일정한 간격을 두고 만든 스크럼이 이토록 견고할 줄이야 소화시키지 못한 것은 배설도 힘이 들어 결국엔 다시 입으로 토해내야만 불편함이 사라지는데, 살다 보니 쓸데없이 너무 가까워진 인(因)과 연(緣)은 어찌할 수 없어 토해내야 하는 날이 있다

믿음, 이것이 이별보다도 더 아픈 말이 될 줄은 미처 몰랐던 것이다

뭔가 거대한 음모(陰謀)

풋한 날, 새벽부터 풋한 날
물길을 따라 가로질러 선 수많은 그들은 신호도 없이
일사불란해진다
무늬가 큰 방충망을 드나드는 바람처럼
이끼 낀 다리를 들어 올리며 시작되는 공중 부양
이것이 음모(陰謀)가 아니라면
음모(陰謀)를 음모(陰毛)라 읽는 또 다른 음모(陰謀)

마술사의 솜씨를 따져보기엔 의심만 더 키우는 일
오백 년
아니 오천 년간 이 별을 품었던 용이 이별을 고하는 이야
기라면 그나마 혹하기도 하겠지만
별안간 아이는 너무 커버려 과학적인 논술에서는 초과학
(超科學)적인 마법도 소용없는 일
눈에 보이지 않으면 도를 아느냐 묻는 길거리 종교의
끄트머리에서도 차용하지 않는 케케묵은 은유
그렇기 때문에
고작 물안개 탓이라고 하기엔 좀 미심쩍은 뭔가 거대한
음모(陰謀)

게다가
무성한 넝쿨 사이 늙은 오이가 그러하듯

그들은 언제나 어느 날 갑자기 불쑥 솟았거나 이전부터
있어왔다
중간을 아는 사람은 아무도 없었다

조만간 지구의 모든 것이 들어 올려지기 위한 예행연습쯤
으로
비로소 그때가 되면 지구는 둥글어질 것이고
시인들의 마술은 아니 마법은 아니 음모(陰謀)는
뭔가 거대한 음모(陰謀)는 시작될 것이다
기대하시라

시가 밥 먹여 준다고

상자 가득 조물조물 신문 구겨 가득 채우고
그것도 불안해 마구리를
상투 틀 듯 고무줄로 칭칭 동여매
어머니가 보내 준 택배
여는데
하루를 꼬박
낯선 동네만 돌아다녔을 김장김치
부풀대로 부푼 화 삭이지 못한 시큰한 욕이
장마 통 보름달처럼 튀어 오른다

팔각을 거스르고 둥글어진 성난 말에 귀 대고
듣는 척,
살살 어르고 달래서 다시 운명처럼 각 선
플라스틱 통에
냉장고에 나누어 담으니 그제야 제 이름을 말하며 웃는다
나도 따라
웃는데
조물조물 어머니 손끝에서 생겨났을 노파심 속에
무표정하게 화난 신춘문예 당선 시인의 얼굴
며칠 밤 속타가며 지었을 시가 고작
화물차 짐칸에서 뒹굴며 욕이나 섞을 줄 알고 있었던
것일까

그 마음이 어째 내 마음 같아
다 읽어 주고 냉장고 문 앞에 가지런히 붙여 본다

김장김치로 잘 꾸려서 어머님이 보내온 시 한 편
이라고 시가 밥 먹여 준다고
생각하자
그러곤 또 혼자 웃는데 저도 따라 웃는 건지
모처럼 배부른 냉장고 문이 김치~~~이
하면서 열린다

텍스트에 대한 예의

마침내 신천지를 발견했다
의식주도 감정도 입도 귀도 필요 없이 그저 자음과 모음,
그리고 눈과 손가락만 있으면 되는 세상 문명의 속도에
맞추어 과학자들은 새로운 이모티콘을 만들어 내면 되고
눈은 어안렌즈처럼 시야가 극도로 넓어지면 되고 손가락
은 한 손에 하나씩 두 개가 공포스러울 만치 예민하게 진
화하면 된다 왕은 죽었으며 묘지도 필요 없다 검은 리본
하나 닉네임 앞에 하루쯤 달고 두 줄기 자음을 눈물처럼
뿌려주면 된다
목적어가 주어를 삼켜도 기의와 기표가 레슬링 세계 선수
권 대회를 치르더라도 0과 1과 2가 스와핑을 하더라도 문
(文)에서 맥(脈)이 끊기더라도 로그를 아웃 하면 누구도 죽
거나 다치지 않는다
영혼이 없어서 그림자도 없으니 오로지 필요한 것은 텍스
트에 대한 예의뿐이다

3

어느 해, 풍경

당신,
생리를 시작했다는 말이 제일 반가운 걸 보니 마트에서
혹은 거리에서 우연히 마주쳐도 그것이 우연이 될 수 없
는 우리는
불륜입니다
오른손이 왼손으로, 왼쪽 귀가
오른쪽으로 향했을 때처럼 일교차 심한 어느 날 밤과
낮 어느 쪽에 비위를 맞추어야 할지 모른다면
부정할 수 없습니다
평일과 주말이 바뀌고도 저녁이면
다시는 안 볼 사이처럼 휴대전화 통화 목록에서 어렵지
않게
지워져야 하는 배려가 필요하다면 그 역시 당분간
변명의 특권은 없습니다
삶과 죽음의 풍경 빼곡한 병풍을 쳐 두고
처지가 바뀌지 않아도 발표해야 하는 입장은 늘 난처하지
만 모두가 분주한 낮
모텔 창문 옆 신문 펼쳐 든 당신 품격이
일상이 되지 않아 더없이 즐겁기만 한
그렇습니다

정치적 성향이 달라서 이혼을 결심했다고 하지만 한 번도

우리의 체위는 변한 적이 없습니다
위에서 아래로, 침대에서 바닥으로 바닥에선
두 발이든 네 발이든 닿을 수 있는 모든 면으로
기어야 한다는 것까지 알게 되었으니 이제 우리는
정말, 정말 달콤하지만은 않습니다
우리의 식사가 식구의 귀가보다 들떴던 날과
서로의 생일쯤은 기억해 주지 않아도 상관없는 날이
4년이나 5년 혹은 주기를 달리 하더라도 마지막
생리를 잊지만 않아 준다면
그렇습니다

모두에게 한때 로맨스였다던 불륜입니다
그래서, 더 뜨겁게 사랑한다는 말보다
당신의 생리가 기다려지는 이유입니다

나무의 나이

바라진 않았었겠지만
눈 뜨고도 어찌하지 못해 헛웃음 나오던
그 봄
정오 무렵 나무그늘에서 언젠가 그랬듯이

신들린 칼바람 맞서 온 남한강 가
여주 신륵사 은행나무 옆
내려 보아야 하는 자리
지갑 속 꼬깃한 증명사진에서나 떠오르던 오롯함이
낙엽 그림자에 바랜 명패, 수령 600년
서글프게도
영혼의 그림자마저 섬뜩하게 말아 쥐는 오후
바람도 결대로 따르지 않아 어수선한 가을

이 못난 오지랖은
들여다볼 수 없는, 목적어의 길이는 무심한
달의 행로로 몰락한 왕조의 나이테에서
좀처럼 마음 걷어내지 못해
보고 돌아서선 한참
저만큼 눈이 먼저 가다가
다시 돌아보고
섰다

해 따라 저물어 가는 일에도 내게만 서술어가 필요한 날을
두고
그저 저이들끼리 아옹다옹 잘 살다 가면 되는
그래 그랬으면 되련만

또 한 해 두께를 보태면서 힘들게
힘들게 버텨 주었던 숨 대신
열매 달려야 할 자리에 걸린 수액으로라도
주렁주렁 열리길 합장하고
다음 생은 네가 주어인 세상에 태어나거라
그러고도 또
눈만 먼저 저만치 돌아가서 마음 쓰고
발끝이 향하고 서 있으니
푸르르~ 한 잎, 또 한 잎, 또 한 잎
셀 수 있을 만큼 남았던 노란 은행잎이 진다

슬픈 것들의 진실

지인의 혹은 이름만이라도 아는 이의 부음을 듣고
그가
아니라면 그의 직계존속 누구라도
내 나무그늘 어딘가에 이름을 묻었는지 먼저 살펴야 하는
일상이
붙이기도 멋쩍은 난전의 흥정 같고
차용증 없어 이자가 붙지 않는 빚 같고
고서에서나 문자로 근근이 문맥을 만드는 품앗이 같기도 한,
낮잠에서 막 깨어 삶은 계란 노른자를 입 안 가득 물며
살겠노라고 무엇이든 먹어야 하는 일 같아서
살아온 날이 더 많아지는 날부터 슬픈 일만 보인다던
먼저 간 고인의 영정을 제대로 쳐다볼 수 없어
대신
조위금 건네는 손끝 하얀 봉투에 적힌 이름 석 자가 부르르

살아남는 것이
비수기와 성수기를 달리해 차고 비는 문상객들의 화투판
같아서
그 와중에도
화투판 밑에 슬쩍 챙겨둔 본전에 자꾸 손이 가는 희열을
살아서만 맛보는
막돼먹은, 이놈의 세상은 슬픈 것도 당최

가질 않으면 오는 길도 막히고야 마는 것인지
그런 생각으로
국밥 한 그릇 뚝딱 비우고 나니 빈 그릇만 덩그러니 남아
그 옆에 수저 한 벌 가지런히 내려놓고
유난히 눈부신 달도 해가 뜨길 기다리는 마음 같겠거니
살아서 누리는 사치 같은 슬픔 모두
꾹꾹 우겨놓고 간다

비약(飛躍)하자면

한 사람의 생을 통째로 복제해 낼 수 있는
이 나라의 조잡한 조합의 열세 자리 수(數)만 있으면
계룡산에서 수십 년간 수양해도 될까 말까 한
길거리에 널린 도(道)를
아십니까 하는 의문을
단돈 십 원 혹은 이십 원에
때로는 덤으로
도(道)를 알건 모르건
초고속으로 대신 살아낼 수도 있다
이를테면
걸어가는 너를 대신해 자동차를 살 수도 있고
쌍시옷 한 번 발음 해 보지 못한 너의 손가락이 하수구에
유기될 수도 있고
잠자고 있는 너를 해가 작렬하는 아르헨티나의 뒷골목에
데려다 놓을 수도 있고
어쩌면 몇 십 광년쯤 멀어진 너의 죽음을 대신해 연금을
받아 챙길 수도 있고
성인이 된 네가 입양되거나 분양될 수도 있다
그리고 확신하건대
이 모든 비약(飛躍)은 당연히 주어인 너의 목적어는 아니
라는 것이다
마치

오뎅이나 닭도리탕에 – 잠시였지만 짜장면에, 죄책감을
갖게 했던 너의 조국이
산책 나온 고양이 앞에 멋대로 '도둑'이나 '들'이라는 접
두어를 붙일 수 있는 영리한
한밤의 로드킬처럼
인터넷이란

내가 어디 있는지 나도 모르는
얼룩말이 누워있는 신호등 없는 횡단보도처럼 무늬만
선명한
애완의
사육되는 것들의 눈빛을 가진 나라

난생설화

염(殮)하듯
신문으로 곱게 싸고 나일론 끈으로 질끈 잡아맨 계란 한 판
모퉁이에 달려온 부고
구멍 난 양말 사이 발가락보다 더
늦가을 강변 만발한 개나리꽃만큼
아니 그보다도 더 적적해 보여
황망하게 뜯어내는데
드러나는
초경을 막 시작한 소녀처럼 봉긋한 계란들이 유난히
길었던 왕조의 무덤 같아 보여 문득
호위 무사는 아니었을까
구겼던 신문을 펴들어 그의 전생을 본다

계란 한 판 옆에 앉아
두 계절이나 지난 신문을 읽는 내내
폭염이 가득 찼다가
태풍이 지나고
설악에 단풍이 지고 나서
삶은 계란을 내 오시더니 급하게 먹으면 체한다고 물을
먼저 건네는 어머니
그가 지키려 했던 왕조를 허물어버린 죗값인지
물 한 컵을 다 들이 부어도

가슴 퍽퍽하게 먼지만 푸석하고
먹는 거 앞에 두고 이게 뭔 청승이냐 싶어
죽어서 계란 한 판이라도 품었으니 됐다
둘둘 말아 치우고
툭툭
털어 버리려는데
어느 정신 나간 놈이 부고를 대문 안으로 들이냐?!

늘 물음이었지만
아버지의 아버지였던
아침마다 안녕하신지 안부를 묻고 이부자리 밑으로
손을 넣어 주던 죽마고우도
망자의 이름으론 불청객이 되는 할아버지의 호통에
한 번도 대답해 본 적 없었다

기억하다 보니
닭들의 순장은 대문으로 들어와야만 이름이 되는데
도둑처럼 뒤란으로도 숨어들지 못했던 설화들에
철없던 옹알이가 하지 못했던 대답은
계절을 구분해내지 못하는 천진, 낭만
뒤에 두고
잘 가시게 호위무사 양반

불을 그어 댄다
구름 하나 둥실

문득 살아서
그랬다는 서양의 발명가 생각에 나도 모르게 헛웃음 난다

니체가 나체에게

이름은 있으나 무명인 나만
모르는 사람을 만날 때마다 나를 시인이라고
소개했던 그쪽이 아는 시인이라곤
방글라데시인 뿐이라고 고백하던 날
그쪽은 세상이 조용해지는 소리를 들었다고 했던 것 같은데
나는 이혼을 결심했다 불행하게도
나눌 수 없게 갓난아이와 프린터만 하나씩이어서
프린터 한 대 사 들고 들어가면서 아이도
하나 더 낳기로 마음먹었다

그리고 나는 평론가들에게 편지를 썼다

그리고 나는 평론가들에게 편지를 썼다

그리고 나는 평론가들에게 편지를 썼다

그러다 나는 그쪽에게 나체로 시를 썼다
별다방 미스김 팬티는 빨개
태어나서 처음 눈을 본
이름은 있으나 개새끼인 강아지는 개처럼 날뛰었다

누나는 맨발이 예뻤다 2

의외였다

'관광버스 디스코 메들리'를 따라 이름은 있으나 무명인
가수가 고무 타이어와 아스팔트가 만든 뜨겁게 끈적거리
는 신음 사이를 비집고 훈련된 사이렌의 긴박함에도 싸구
려 흥이 전혀 고급스러워지지 않는 찌릿한 긴장을 흔들흔
들 애무하면서 해가 쨍쨍한 중앙 고속도로 위에서도 호남
선에 비를 뿌렸고 부산항에선 돌아오지 않는 이를 위해
사람도 아닌 갈매기가 손대면 톡 터질 것 같은 낭만을 도
라지 위스키 한 잔으로 추억하게 만드는데
그 옛날, 상처(喪妻)한 '고향슈퍼' 박씨 아저씨가 속이 까
맣게 탄다며 하이타이를 물에 타 마셨다던 애절한 이야기
도 결국엔, 상처엔 후시딘이라고 윗옷을 걷어 턱으로 누
르고 늘어진 뱃살이 번들번들하게 약을 칠하던 노망난
'고향ㅅ퍼' 집이 되고 말았는데
목 좋은 점집이 절이 되는 찰나를 견디다 못해 개똥밭이
싫다며 흙을 파고 들어가 누운 막내 고모는 슈퍼집 툇마
루에서 하이타이 대신 박씨 아저씨의 성난 삿대질에 공짜
막걸리를 들이켜고 흥이 덜 가신 고속도로가 시끄럽다며
경찰차를 대동하고 나타나는 고모부 덕분에 아직은 혀끝
저리게 차대는 연민이었으나 근친혼이 허락되지 않는 불
편한 세상에서 보고 들은 것은 거기까지였으니

그 처음은 아니었을 것이다
예외가 존재하지 않았던 때
쓰레기봉투의 천적이 밤 고양이가 아니었듯이
다른 것의 반대말이 틀린 것이 아닌 것처럼
어둠 속에서 만져지던 온기로도
속삭일 수 있었던 우리의 입과 귀가 그립지 않다고
계단으로만 이어진 골목 끝집에서 누나를 기다리던 나와
집을 상상하던 누나의 연민은 늘 어긋나 있었다
한 사람이 떠난 것은
좋은 이유가 단지 그냥 일 때의 난감한 화법을 깨우치기
위해
싫은 이유에 대해서 말해야 한다는 것을 알았을 때였고
빈집이 남은 건 이야기할 사람의 중력이 해변에 가까워졌을
때였다
아래서 올려다보는 이가 혼자 남았을 때 계단은
모퉁이를 돌면서
그림자 하나가 생기고
모퉁이를 돌면 그림자 하나가 사라지고
그렇게 하나씩 허물어졌으니
돌이켜 보면
맨발이 유난히도 희고 예뻤던
이름은 있었으나 정신 나간 독한 년이라고 스스로를 부르던

엄마가 버린 강변에 고집스럽게 살고 있는 누나도
그리운 것은 매한가지였을 것이다

친절한 자화상

최첨단을 보증하는 숫자만큼 많은 꽃잎이 그 속에서
선명하게 피었다 진다고 해도
암실에서 달까지의 거리 만큼에 빛나지 못하는 별을
촘촘히 박아 넣을 수 있다고 해도 아무리
졸린 눈 비벼대듯 모드(mode)를 셀프(self)로 바꾸어도

스스로 해내지 못하는 것이 있어
내가 볼 수 있는 너를 너는 볼 수가 없어
내가 볼 수 없는 나를 너는 볼 수가 있듯
네게 각인된 그 말은 네가 아닌 거겠지
소용없는 일이야 그래서
너무 빨리 알아 버린 능력을 봉인하기로 했어
입술에 강력접착제를 바르면 새 나가지는 않겠지
허름한 식당마다 표어처럼 써 붙인 말 그대로 아마도
셀프는 물이 맞는 것 같아
그렇게 믿기로 했어

이젠 소설을 써 볼까 해
소설 말이야
네가 주인공이 되어주어야겠어

뉴스 특보(特報)

그날,

다급하게 뭍에 코를 박은 집어등에서 단내가 난다며 노란
비옷에 태풍을 데리고 온 기상캐스터의 미소가
늦여름 물이 불어난 계곡에서 밧줄에 묶여 구조되는 피서
객들의 풍경과 겹쳐지면서
어머니의 짧은 혀가 천장에 닿을 때
아버지는 오체투지(五體投地)인지 삼보일배(三步一拜)인지
자연보호협회 사람들과 주말이면 산으로 강으로
오늘은 또 어디서 숨을 길게 뱉고 약주까지 하고 돌아오
셨는지
특채로 딸자식 한자리 만들어 준 장관이 떨려나야 한다고
한 번도 공약을 지키지 않았던 것으로 기억되는 정치인들
의 이야기를 쉬지 않고 벗어 놓으시며
자연을 보호하는 어마어마한 일을 하시는 분이 그깟 정치
에 역정을 내시자 놀랍게도
서해상으로 올라오겠다던 태풍의 진로는 유동적이라며
일기예보가 끝났고
공정한 사실만을 보도하겠노라며 수신되지 않는 발화를
자막으로 대신한 뉴스도 납작 엎드렸다

텔레비전 앞에서

엉거주춤 어느 쪽으로도 방향을 잡지 못하던 내 귀는
말을 하지 못했고 입은 전혀 알아듣지 못했지만 태풍은
예상했던 대로 예상을 빗나갔고 뉴스는 언제나처럼
내일도 서쪽에서 해가 뜨지는 않을 전망이라며
빗나간 예상을 비켜가기 위해 특보(特報)를 만들었다
덕분에 인기 드라마는 어쩔 수 없이 결방됐고

시청자들의 항의 전화가 꽤나 요란스럽게 휘몰아쳤을 것
으로 짐작한다

여행자에겐 이름이 없다 2

사랑을 품기 위해 찾아가던 새벽 외딴 모텔 앞에서 몸이
아픈 엄마를 모시고 바짝 마르는 입안에 그리움을 털어
넣던 날들이 같은 시각에 다른 날을 사이에 두고 일어나
는 것이
묘하게도 마치,
고등학생 시절 3년을 꼬박 연애에만 쏟아 부었던 누나가
심심풀이라며 만 개를 조립해야 삼만 원이 쥐어지는
해외로 수출된다는 볼펜을 공부가 제일 쉬웠다는 어느 명
문대학의 수석 합격생보다 더 많이 만지고 있는 것 같아서
그 잠시에도 살아 있는 생각이 돌아가는 길에는 다른 길로
가야겠다고 마음먹는데
길이 험하고 외지니 저물면 큰길로만 다니라시며 여행자
들처럼 이름을 부르지 않고도 아들에게 말을 건네는 법에
능숙하셨다 엄마는,

어째서 남자만, 사랑하는 사람을 위해서 하늘의 별이라도
따는 시늉을 해야 하는지 의문이 들 때쯤이었다 그때부터
였다 엄마는,
매일같이 몸에 붙이고 들어오는 이름들을 정확하게 분리
해서 버리셨고 그러는 사이 불운하게도 버려졌다고 생각
했으니 나는,
그 오래전에 이미 엄마의 이름을 빼앗아 태어났음을 깨달
은 것이 근래에 들어서였으니 참 오래도 내 이름을 대신

가지고 살아 오셨으니
버려진 것은 내가 아니라 엄마였을 것이니
나 때문에 아프신 것 같아 내가 아픈데
응급실 접수대에선 누가 아프냐며 묻는데
갑자기
생각나지 않는 게 너무도 많아 잠시 머뭇거리다가
엄마 이름으로 진료를 보고 내 이름으로 된 신용카드로
결제를 했다

엄마의 여행이 가끔 이렇게 누추한 응급실 같은 곳에서나
멈추는 것이라니
내 삶이 부실해 이렇게라도 모시지 못하니 차라리 자주
아프셨으면 하는 마음이 들 때쯤
깊이 잠들었던 누나는 새벽 댓바람에 맨발로 뛰어오며
쩍쩍 갈라지는 목소리로 나를 불렀다
내 이름 앞에서 엄마를 보고 아프지 말라고 울먹거리는데
피는 물보다 진하다고 배웠던 것 같은데
다급하게 마주한 누나 이름보다 즐겨 마시는 생수 이름이
먼저 떠올랐으니 젠장,
누나도 벌써 엄마가 된 것이다 이제,
누나도 해장국집 골목 모퉁이 만큼씩만 아파달라고 매달
렸다 나는,

그의 마지막 동행에 대한 연민 2

한시도 불 꺼진 적 없는
세평 남짓 작은 방, 아직도
아랫목 윗목의 경계를 버석 버석 마른 몸으로 구분할 수 있는
천장 낮은, 쥐들의 발자국 소리가 심장 소리보다 가깝게
소곤소곤 만으로도
살아 있는 것들의 소란을 가늠하는 벽
사이사이에
간신히 잠자리 보고 누웠다 일어나 앉아 머리 위 불 켜자
움직임에 흩어진 온기로 사방 모서리가 숨겼던 빛을 토해 냈다
기껏 불은 촉수(燭數)를 알 수 없는 형광등, 그 아래 나와
사뿐히 지르 깔려 앉은 너, 되레 놀라 나 앉는 나
호들갑은

해질 무렵이면 매번
동(東)으로 얼굴 돌릴 때마다 너는 나를 앞질러 왔었다 자주
내가 이곳으로 왔을 테니 네게도 길은 익었을 것이다 하지만
돌이켜보면 너는 처음부터 그랬다 나보다 먼저 찾아 들어왔고
자리에 누워 혹독한 동면(冬眠)을 다정하게 일러 주었다

80

유독
겨울에만 이곳을 찾는 내가 유난히
여기서만 커지는 네 키를 의심해왔다 불을 끄고 누우면
너는 어디서 무얼 할지 궁금했었다 그럴 때마다
뼈마디가 떨리는 나른한 한기를 떨칠 수 없었다 그래서
오늘은 벌컥
숯덩이 같은 밤에 불을 댔다
너는 내 몸에 뜨겁게 붙어 있다
너는 심장이 없다 나는
네 몸에 차갑게 붙어 있다 너무 오래 들러붙어 있는 것이
아닌가 하는 염려에
애처로움 마저 들었다 많이도 야위었구나 그래도 안심이다
입김 하얀 온기를 네게 불어 주며 나를 달랬다
불도 끄지 못하고 네가 잠들길 기다렸다
내 입에서 나온 고양이 울음이 가벼웠던지 천장 밟는 난
장이
우리 연을 엿보는 듯 부산하여 불면은 밤을 길게 했고

기억은
언제나 나를 불편하게 했다 이제라도 너를 똑바로
제대로 들여다볼 수 있는 것이 행운이라면 행복일까
나나, 너나,

곁을 주지 않으려고 야반도주 했던 날들을 세어보면 생각
보다
기억하지 않아도 좋을 우리의 동침은 오래됐고
오래될 것 같다 너무
늦지 않아서
참 다행이다

백수 사용 설명서

나는 은행이야 나는 시장이야 나는 골목 슈퍼야 나는 노
숙자야 나는 조선인이야 나는 일본인이야 나는 중국인이
야 나는 버스야 나는 세탁기야 나는 자판기야 나는 무궁
화야 나는 다보탑이야 나는 벼이삭이야 나는 장군이야 나
는 학이야
너는 누구니?

너는 물에 젖으면 안 되겠구나 너는 굴러다닐 수 없겠구
나 너는 바람에 날리기 쉽겠구나 너는 불이 무섭겠구나
너는 문신이 너무 무섭구나
불쌍하다 얘!

내장을 발려낸 뱃속에서 허기도 아닌 것들이 허기처럼 조
잘대자
오늘도 변함없이 시작되는 백수의 도살
피 한 방울 튀지 않게 깔끔한 프로급 마무리
팔려 나가는 허기
되돌아오는 허기
이번엔 비디오 대여점 주인이다

그림씨의 행로

아가미를 움직여 공기를 흩어 놓았지. 너는
지구를 한 바퀴 돌아온 먼지의 파동이 네 뒤통수에 닿을
때까지, 도미노처럼
네가 뱉은 몇 번의 가여운 호흡이 어디로 가는지 몰랐을
거야.

아가미는 입이 아니지. 네 말대로
그렇다고 귀는 아닌 거야. 코는 더더욱 아닐 테고
아가미는 입에 가깝지. 입이 아니지만

눈꺼풀이 없어서 눈이 따가워도 눈물을 흘릴 수가 없지.
너는
슬픈 눈은 눈물을 흘려야 하는데, 변명처럼
사실을 말하지만 사실은 변명이지. 왜냐하면
슬플 겨를이 없었던 거지.

어느 탐험가의 말처럼 지구는 둥글다지. 목숨을 바쳐
안나푸르나의 빙벽 사이로 사라진 사람은 돌아오지 않아.
사실은
지구는 둥글지 않다는 거야. 둥글지만

너는 둥근 수족관을 선물할 수도 있어. 내게

눈이 멀어 버리겠지. 그러면
지구가 둥글다고 할지도 모르지. 내가
아가미를 움직이는 순간 지구는 둥글어지지. 모두가
원하는 바였을 테니까.

이제 소원을 말해보렴. 소원은 한 가지가 아니야. 하나
다음에 또 하나 그렇게 소문처럼 늘어만 가지. 말을 한다는 건
그런 거야. 처음엔 모두 거짓말이지. 거짓말이
꼬리에 꼬리를 물다보면 둥글어 지거든. 그러면
처음은 거짓말처럼 없어지지.

눈치 챘겠지만 둥글어진 소원은 달이 되지. 그제야
너는 깃털이 될 수 있어. 깃털은 날개에 가깝지.
날개는 아니지만.
이제 나는 벽이 될게.
너는 네모난 액자를 선물할 수도 있어. 내게

전화번호부국(國)

가는 성골(聖骨)이다 그래서 **나**가 먼저 태어났어도 늘 **가**의 뒤에만 서야 한다 **나**는 지독한 출신성분이 못마땅하여 늘 한탄하지만 **다**의 앞에선 그나마 위엄이 선다 **다**는 뒤따라오는 **라**를 기다린다 혀에 착 감겨서 끈적끈적한 맛을 달고 다니는 **라**가 오늘따라 늦는다 **마**는 먼저 떠났다 **바사아자차카타파하**라는 별의 생채기가 1광년 전의 모습인 것처럼 제 이름보다 먼저 떠났다

A는 자신이 **하**의 뒤에 서야 할지 아니면 뼛속까지 성스러운 **가**의 앞에 서야 할지를 놓고 1과 끝장 토론 중이다 A가 수적(數的)으로 우세한 동료의 전폭적인 지지를 받긴 하지만 그만큼 부담이 크다 1은 수적(數的)인 열세를 극복하기 위해 8을 데리고 와서 토론을 거칠게 몰아간다 A가 야유를 보내고 C가 쓴소리로 맞대응하자 토론이 난장판이 된다 꼬리가 길면 밟히고 소리가 크면 새 나가는 법 난장판은 **가**의 친위대인 **각**의 부대에 의해 반듯하게 각이 잡힌다 역모다 A는 외국으로 유배되고 1은 난전으로 쫓겨난다 A와 C가 있던 자리를 **에이**와 **씨**가 물려받고 1과 8이 가지고 있던 벼슬을 **일**과 **팔**이 인수받는다

편전 동쪽에 열넷의 문신이 서쪽에는 열의 무신이 서서 78그램의 공이 든 기계를 돌린다 아침마다, 근친혼(近親婚)이다 편전 마당에서는 문신의 자제 다섯과 열하나의 무신 자제들이 동쪽과 서쪽으로 나뉘어 서서 혼례를 치른

다 아침마다, 정략혼(政略婚)이다 내빈으로 참석한 **짜**가
선동을 한다 **각**의 부대에 의해 간단하게 진압당한다 **자**장
면의 난이다
가의 제국엔 태어나지 않은 것은 없지만 태어나지 않은
것들도 이름을 가진다

콩가리

동지가 발아래서 비와 눈과 바람과 햇살을 섞어 비비던 날마다 밤이면 그들의 비명이 잠을 가로막았다 감은 눈을 뜨듯이 그들은 입을 벌렸으며 이불 홑청 긁는 소리보다 작고 가늘게 입속의 검은 혀가 단말마 비명을 질렀다 들리지도 않는 입을 굴비처럼 내어 주고 그들은 어디서 남은 평생을 묻었을까

고고학자들은 순장(殉葬)이라며 경의를 표했다 부족장의 무덤일 것이라고도 했고 귀족의 무덤이라고도 했다 그렇지 않고서 저렇게 많은 입이 비명횡사할 리가 없다며 그들을 달랬다 어디선가 듣고 있을 귀를 향해 천도재라도 지내야 할 것 같다며 향로 가득 군불을 지폈다

기자들은 고대 도시의 유적이 발굴되었다며 대 놓고 상(像)을 만들었다 플래시가 터질 때마다 마추피추가 세워졌으며 아틀란티스가 떠올랐다 에페수스에서 신들의 회의가 열렸으며 팔랑케에서 신들의 야유회가 성대하고 거룩하게 열렸고 감히 신전을 범한 기자들의 입이 멤피스에 묻혔다 무덤 앞에 기울여진 향로엔 장작처럼 향이 탔다

어떤 전쟁광은 승전을 기념하기 위해 적들의 입을 베어다가 쌓은 전리품의 무덤이라고 했다 규모로 보아 살수대첩이나 귀주대첩에 버금가는 전쟁이었을 것이라며 어깨를 으쓱했다 근사한 이름을 지어야 할 것 같다며 멤피스에 묻힌 기자들의 입을 빌려 말을 했다

그들의 비명에 귀를 막고 지켜만 보고 계시던 아버지는
아우성이 잠잠해지자 도리깨를 들고 나오셨다 그걸로 끝
이 났다 대하소설 같은 늦가을 낮잠도 그걸로 끝이 났다
무덤도 도시도 전리품도 자루에 담겨 닷 말씩 봉인되었다

비 갠 날의 자화상

알맞게 비가 내렸어
나뭇가지 하나로도 너를 그리기 딱 좋게 땅이 굳었어
쪼그리고 앉아 너를 그리는데 너도 따라서 나를 그려
오른손에 들린 나뭇가지를 왼손에 빼앗아 들고

알맞게 비가 그쳤어
어디 갔다 온 거야?
내 말을 되 뱉는 너는 입이 없어
나는 네게 입을 그려 넣어
내 말을 듣는 너는 귀도 없어
나는 네게 귀도 그려 넣어

알맞게 허기가 지면
이별을 그려 넣을 준비가 되어 있어
귀가 있는 너는 내 말을 알아듣지
이별을 말하는데 너는 울지도 않아
자세히 보니 너는 눈이 없어
눈이 없어서 눈물도 없어
나는 네 귀를 지워
너도 따라서 내 귀를 지워
알맞게 이별하려면
입도 소용없을 것 같아

나는 네 입을 지워
너도 따라서 내 입을 지워

이제 알맞게 헤어질 시간이야
해가 지잖아
아침까지 기다려 줄래?

그대, 단두대를 아는가

공기는 나름대로 휨을 가졌다, 휨이 가진 향기는 꽃을 피운다, 꽃은 밤을 위해서 피고, 밤에 더욱 아름답게 핀다

지난밤을 피웠다 진 꽃이 열매보다 먼저 씨앗이 된 바람의 영웅담을 자궁에서 꺼내는 시각, 머리를 내어놓는 또다른 바람, 멋대로 맘대로 뜻대로 제대로 그대로 나름대로 말하던 혀끝에 자물쇠, 날이 선 손끝 귀밑에 멈추는 순간 숨 가쁜 죽음, 죽음의 입구에서 걸려온 전화, 혀끝의 자물쇠는 잠시 무용지물, 행위의 주체가 전도되는 죽음이 전해지고 다시 잠김, 머리를 자르는 바람, 머리가 잘리는 바람, 지나간 밤은 무질서하게 추락, 그제야 풀어지는 질서, 공기의 휨을 따라가는 그림자, 머리를 물어든 암고양이, 시간이 없을 것 같은 시간을 말하던 바람, 또다시 혀가 잠김, 과거는 은밀한 곳에 분리수거 하자는 조언, 신신당부하는 통에 화장실에 두고 온 열쇠, 유효기간이 한 달을 넘기지 못하는 신상품, 바람이 머리를 바꾸어 달고 신바람, 밤을 위해 미리 피워 본 꽃향기에 쫓겨 돌진, 꼬불꼬불 휘어지는 공기, 살아나가는 바람의 등 뒤에서 붙잡히는 그림자, 지레 겁먹고 목 내어 놓는 휘다 만 공기, 꽃은 피고, 시크한 쌍콤이의 울음, 냐아옹

공기는 낮에도 휨을 가진다, 휨이 가진 향기는 낮에도 꽃

을 피운다, 낮에 피는 꽃은 향기가 역하다, 바람은 휘어진
공기를 혀끝에 감는다, 불륜이다, 그림자의 혀는 화원과
미용실 사이 화장실에 잠겨 있다, 열쇠는 없다, 속았다

연민에 대하여

바퀴가 된 다리가 부르는 앉은뱅이 노래 앞에
다리를 대신하는 목발이 끄는 수레 뒤에서
연민은 늘 붉은 빛이다
발정난 난장이 이끄는 춤사위에, 해거름 재촉하는 노을빛
에 아름답기를 비할 수 있을까마는
바닥까지 내려간 후에야 후회 한 줌 없이 자신을 태울 수
있는 것
그러해서 아름답기를 헤아릴 수 없는 것
태양은 하지 못하는 그 못난 짓을 바람난 사내가 해 내는 것
그래서 연민은 늘 붉은 빛

질풍노도(疾風怒濤)는 지났다

4

이제 당신의 이야기는 여기까지만 쓴다

별이 깊어지면
활시위를 바다 쪽으로 당겼다
해변처럼 누운 머리띠는 팽팽해졌고
너도 없고, 나도 없는데
우리는 바다 위에 덩그러니 놓여있다
길들여지지 않는 아니,
못하는 초식 동물의 습성을 닮아
좀처럼 익숙해지지 못하는 거리에
달이 뜨고 져도
첩첩산중,
산은 외로워서 산을 껴안고
부동의 불면에 포르노그래피를 썼다

어째서
새벽에 전해오는 음성들은 하나같이 다 그 모양인지
묻지 않기로 했다
개도, 고양이도, 닭도
새벽에 우는 소리가 더 크게 들릴 뿐
골목 끝은 언제나 그대로였다
술잔이 우스워 보이기 전에 불을 끄면
고드름이 자라는 시간까지
그림자도 키가 컸다 사실은

커피가 식기 전에 끝나는 양치가
불안한 것이
불편하기만 했다

정겹던 마을이 파도 속으로 들어가도
24시간이라는 편의점은 해맞이로 분주했고
폭죽은 세계 공통어였다
바다를 써넣은 횟집보다 뼈다귀
해장국집이 먼저 문을 열었다
부당한 부산함은 수평선을 지웠고
부표처럼
그림자도 없는 섬이 떠올랐다
시위를 놓았다
수평선을 따라 누운 그림자 하나
조급한 어부의 배는 아프지 않게 섬을 가로질렀다

그만 모르는 이야기

우기가 시작되기 전 달력 위에서 사라진 그의 생일엔 발
에 맞지 않는 장화를 신어야 한다

해마다 달력을 바꿔 걸 때마다 비로소 그리고 문득 우리
의 장마는 시작된다

그 많던 초는 이제 두 개뿐 언젠가 우리의 마지막 단락엔
마침표가 생략된다

한 숨, 한 숨이 아프고 또 아프다 그다음 말은 생각나지
않는다

훅, 촛불을 끈다

마주치지 말자

11월이면 어느 날이라도 좋다
유포리 플라타너스 가로수 길
당신 민낯을 닮은 아침
일곱 시
간혹
차 한 대 지날 때마다 흩어지다
모여드는 안개

이별도 수줍게
고백처럼 들었던 날 뻣뻣한
안갯속에서처럼 천천히
아주 천천히
당신을 나도
스쳐만 간다

관계자 외 출입금지

찻잔의 깊이가 달랐던 어떤 날 지나고
한 번도 사랑이라 말해본 기약 없는
너의 첫사랑이 맨투맨
수학의 정석 이전의 당신이었으니 서운하거든
촛불을 켜 두렴
고양이 우는 봄이 밤이었는지
가을이었는지 또렷하더라도
너는 당신의 첫 섹스에 대해
관대해지려 노력할게

식당을 나설 때 없어진 당신의 새 신발을
애꿎은 식당 주인을 몰아세웠던 너와
커피나 모텔의 스펠링쯤은 아무렇지 않은 날
당신과 길이가 다른 젓가락을 들고 아마도
기억 없는 이름을 너로 쓰더라도 당신이
너의 훗날 첫 만약이었으니
몇 번째 남자의 첫 번째 키스에 대해서
당신의 아침이 무슨 색이었는지
친절하지 말아줘 기우뚱해지면
너는 고양이 목에 달린 방울 소리를
울릴 수 없으니 당신도 그러나

거꾸로 차고 돌아앉은 시계의 알람은 소음
추억한다는 문장은 단지 기억덩어리의 말랑말랑한 플롯
이렇게 시작하는 어른들의 동화는
왼쪽과 오른쪽을 바꿔 낀 벙어리장갑의 겨울이라고
당신은 항상 뒷모습만 보여주었고 철지난 눈사람의
봄에 대해서는 너의 축제였으니
칫솔꽂이에 만발한 꽃에 대해서
침대 밑에 둔 전화기 벨소리가 무엇인지
두꺼운 컵에 담긴 당신 커피의 향기를
굳이 설명하진 말아줘 차가운 커피는
입술 물어뜯는 환절기에나 어울리는 너의
취향에서 가깝지 않았으니 어쩌면

시상식에서 여배우가 입었던 반라의 옷이 얼마짜린지
단지,
너의 더치페이에 대해서 관계하지 못한 당신들의 관계는
처음이거나
이제 마지막이거나
손톱 그만 물어뜯자

한계

언제부턴가 결혼식장을 다녀와서는 이야기가
신부 친구에서 피로연 음식으로 옮겨갈 때
오랜만에 전화를 걸어온 것은 너인데 유독
듣기보다 내 이야기가 더 하고 싶어질 때
그럴 때면
나이를 헤아려 보는 일이 종종 있다

항상 당신의 손끝에 내 손이
닿을 수 있는 거리에서 우리였던 날
첫 사랑이 끝나고 나서 그다음으로
손을 잡았던 사람이 누구인지
새벽까지 허공만 쳐다보다 잠들고 나면
또
이별이 시작되는 나이

장마로 불어난 물이 빠지고 나면
자갈밭이 되는 실개천을 두고 애써
강이라고 부르고 싶었던 날들이
한 해 두 해 지나서
우연치 않게 알게 된 연락처를 두고
우연히 알게 된 양 꼭
존댓말로

첫 음을 떼어야 하는 나이

어스름한 저녁
물소리 끊이지 않는 계곡
마르지 않은 숲길을 맨발로 살살
걸어 나오면
한계를 경험하지 않고도
찻잔의 차가 적당히 식어갈 무렵
평상 위에 펼쳐진 별들의 행로로
우리를 되짚어 볼 수 있는 나이

언제부턴가 당신 생각에 종일토록 몽글몽글
잊었던 연애가 그리워질 때
집 앞 아름드리 은행나무 앞에서
나이를 헤아려 보는 일이 종종 있다

남자가 눈물 흘릴 때

느닷없이
날 선 봄바람이 허방을 파고들 때
월화수목금토일
월화수목금토일 하고도 하루를 더한
그렇게 한 달에 두 번, 입을 수 있는
속옷 15종 세트를 주문하던 날
미처 알지 못했던 보름이라는 숫자의 절박한 불안이
몸살처럼 신경을 갉아 놓는데

기가 막히겠지만
나를 사랑했던, 그녀들로 인해
어김없이 이별해야 했던 그들도
거울 속의 왼손에게 오른손이 한 약속을
쉽게 잊지는 못하였으리라
장담하고 또 해본다 어쩌면

기약은
없다는 종결어미를 소유할 때에만
완성되어지는 아름다운 문법을 가졌으니
애착을 가질 때에만 먼저
폐기 되어지는 순리 앞에 손톱을
바짝 세워

하늘하늘한 비닐 포장에
다시는 사랑하지 말자, 아니

다시는 이별하지 말자
써 본다

오후 네 시

발기찬 하루
바람난 유부녀를 일별하고 집으로
돌아가는 길
족보 모를 수캐 한 마리와
마주치다, 지나치다
서로 돌아본다 흘깃

나도
분명 누군가에게 개새끼였을
개같이 뜨거웠던 세 시
변명 같이 들리겠지만
그래도 사람이라고

늘 이별은 아팠다

당신 참 곱다고

막연하게
언젠가 받았던 청첩장으로 계절을 가늠하는
때가 온다면
그때는
누군가의 연인이 되어
비록 또 다른 누군가에게
나쁜 사람이 되는 일이 되더라도
봄 아니어도 봄 같은 날
비로소
어깨너머로 보아만 왔던 당신의
하얀 뒷목에 붉은
햇살 한 줌 얹어주리
느닷없이 전해진 부고에도 아련하게
그리운 사람 생각으로
늦은 잠마저 뒤집다 오롯이 날 새는
때가 온다면
그때는
꽃이 피었다고
계절이 유난하다고
말 돌리지 않고도
얼굴
붉어지는 일 없으리
당신, 참 곱다고

당신이 그대라서

크게,
크게 소리쳐도 들리지 않는 거리에서 나를 알아보는
오래된 친구를 두고도
찬란하게 아픈 날에는
당신이 함께했으면 했는데
그런 날이
당신이 없는 날이란 걸
이제야 알았습니다

날 선 계절에 꽃잎은 지고
어김없이
봄은 오지 않음만 못하게 또
꽃을 피워내겠지만
세상에 빛이 사라진 것
같은 날, 정작
내일
다시 볼 수 없는데도
내일은
뜨거운 몸살처럼 차갑게
가슴에 불덩이 하나 담고
내키지 않는 발끝엔 그림자를 만듭니다

못난 나라서
나만 그렇겠습니까마는
당신이 그대라서 어제는 행복했습니다

대설 특보

미친년 웃음 같은 눈
자리 잡지 못하고 허공 가득 메우는 날
몇 달 전, 소개팅 이후 이름 낯설어진 그, 녀, 에게서
유효기간 훌쩍 지난 기다림이
뜬금없이 쏟아진다 하더라도
난처하게 젖어올 수 있을 것 같은 날
그럴까 봐
휴대전화를 껐다가 또 켜보고
눈을 쓸다가 말고
껐다가 또 켜보고
쓸다가 말고

미친년 웃음처럼 웃다 말고
흩어놓는 이름, 세 글자

두근거리다

간신히 겨울을 견뎌낸 마른 잎 속 깊이 들어온
말하지 못하던 검은 혀는
손끝에서도 뛰는 심장에 호흡하고
가빠지던 두근거림은 찰나에 피었다가 지는데
숨을 잊어버리고도 멋모르는 무심한 시각,
가볍게 감은 눈은 좀처럼 열리지 않았고
끈적끈적한, 그러나 달콤한
참아왔던 망울이 터지며 내는 은밀하게 깊은 종소리에
묘(猫)한 관음(觀淫)이 놀라 아기 울음으로 운다

이별에 대해

처마를 가까운 곳에서 마주하고 있던 제비집이 눈앞에서
치마를 짧게 걷히고 쏟아 냈던 하혈(下血)처럼 붉게 물들던
날
새끼 제비 세 마리가 흔적도 없이 사라지고 난 후
밀뱀 한 마리 그림자 없이 마당을 가로질렀고
그날 밤
이 별에서 이별에 대해 가장 잘 알고 있던 누나는
베게 하나 거리를 두고 나란히 누워 침대 모서리에 대고
더 이상 옥수물 공양(供養)이 없어도 되는 수줍은 고백을
했다
그 밤은 모자랐으나 또한 충분했다
이튿날
풍광 좋은 언덕에 오방기(五方旗)를 묻고 온 누나는 마당을
가로질러
머리 위 지겟작대기만큼 높이에 폐허가 된 제비집을 털어
내다가
멈칫멈칫 하혈(下血)을 했다 그림자를 다 덮도록
집은 허물어졌으나 또한 물들고 말았다
그리고 그날 밤
이름을 부르며
모처럼 누나를 안고 잠이 들 수 있었다

연인들

말 사이에서 태어난 간극은 시제를 아랑곳하지 않는 절대
감성
말로써 빚어지는 시차는 공전을 무색케 하는 절대인력

팔짱을 끼고 걸어가며 눈과 눈 사이의 거리를 말로 채우는
연인을 보다가
말을 주워들었다

오르가즘에 대한 방정식

문자 메시지를 보냈다 너에게
또 보냈다
가긴 잘 갔다
아주 잘 갔다
너무 잘 가서 돌아오는 길을 잃었는지
되돌아오지는 않았다
그래서
전화를 걸었다
전화를 받았다 여자가
입은 있는데 귀는 없었다
감히 상상도 못했을 일이다
1년 전에
그 아름다운 해변을 창에 걸어 둔 모텔에서
뜨거운 섹스를 나누었던 사람이 너였단 말인가
그 번지를 알 길 없는 골목길 계단을 껴안고
차갑게 가슴을 저울질했던 사람이 너였단 말인가
입은 있는데 귀는 없었다
지난 오르가즘은 가히 기계적이었다

이별 사전

이별은 통보하는 것이 아니다
통보하는 것은 가치가 없는 일이다
히말라야 빙벽에서 깊숙하게 발이 빠져 지구의 온기를
느꼈을 때
방파제 끝에서 파도가 배를 채우고 큰 트림을 하며 도망
갈 때
비행기가 새 보다 먼저 땅을 밟고도 태연하게 앉아 있을 때
식도를 타고 들어갔던 통증이 오르가즘을 한 덩이 토해
낼 때
기다리던 열차가 시간 속에서 빠져 나오지 못하고 익사
했을 때
자주 가던 식당이 허기를 묻지도 못하게 '喪中' 임시 휴업
할 때
어제 일그러졌던 태양이 서쪽에서 아침 인사를 건넬 때
이렇게 사소한 것들을 통보하는 것이다

이별은 고백하는 것이다 사랑을 알았을 때처럼
이제 다른 사랑도 알고 싶다고
수줍고 설레는 마음으로 고백하는 것이다

동물성 2

동물용 약은 팔지 않는다던 약사의 말에 억지로 웃음을
참으며
한시도 독물(毒物)이 아니었던 때를 기억하려 했던 추석
연휴 전날
짝짓기를 하지 못한 불혹(不惑)은
물혹이 된다는 사실이 놀랍지 않은 일상임을 실감했다

아주 오래전
사지가 새끼를 꼬아대던 친구 여동생은 곱던 한복 한 번
입어 보지 못하고
명절이면 뒷방에서 숨죽이고 살아 있어야 했고 유난히
깊었던 마당 가운데
애완이 아니라도 가축이었던 누렁이는 컹컹 짖으며 꼬리를
흔들흔들 흔들었던, 갑자기
생각난 그 집
벌써 이십 년 넘게 명절이면 찾아오는 이 없어
우물도 하늘빛을 길어 올리지 못하는
손대기 힘겹게 바람도 까치발로 돌아가는
역린을 범한 터
누가 자고 갔는지 방구석 한쪽에
거뭇거뭇 날짜 지워진 신문 몇 장, 반듯하게
배배 꼬인 연분홍 팬티 꽃은 만개하고

지가 뭐라고, 느닷없이
축축하게 습기 먹은 벽지는 배가 불러왔다
너도 사랑은 했었나 보구나
들숨이 날숨 된다고, 울안에선 가축이 되는 그 쉬운 일도
숨죽이고
해 지나 허물 벗는 일에도 허물이 필요했던 그네
생각에 숨을 찾아보지만 목젖은 물혹처럼 뚜걱뚜걱
굳어만 왔다

어디서부터였을까
어디까지였을까
어디서부터 어디까지 볕이 들었던 것일까
한 번도
주인은 열어본 적 없었을 문살만 남은 창호지 방문을
발로 걷어찬다

가축이라 했어야 옳았던 것일까

눈물의 이념

사내놈이 그렇게 질질 짜기만 하면 뭐에 쓰냐며, 남자가
뭐 이렇게 잘 우느냐며, 사나이는 태어나서 세 번 울어야
한다며 모질게도 닦아 버리라더니
안과에서는 인공눈물을 써야 한다며, 하루 네 번 이상은
의미가 없다며, 그래봐도 차도가 없으면 제품을 바꿔 보
자며 불편할 때마다 흘려버리라는데

눈물에도 이념이 있었던가

처방전 들고 약국 문 앞에 서서
왼쪽 문으로 들어가야 할지
오른쪽 문으로 나와야 할지
문 너머 낯선 눈물과 조우하다
나도 모르게 한걸음 물러서 본다

꽃으로 피는 마음들에게

먼 산 지붕엔 백발성성
겨울이 버티고 노려보는데
아랑곳없이
볕은 햇강아지 콧등에서 졸고
허공에 걸친 처마에선
톡– 톡–
사연 없는 그리움도 자라서
또

새봄
버려둔 마음에 혼자된 사내는
길가다 풀썩
연애라도 걸어 볼 요량으로
아직 열흘도 더 남은 달력에
여린 입김 치근대며
소리 나지 않게 넘겨본다

봄이 온다

어느 윤리주의자의 이별 방정식

박성필*

1

이별의 순간은 오고야 말 것이다. 만남은 이별을 목적으로 삼지 않는다고들 하지만, 만남은 늘 이별로 귀결한다. 때로 이별은 죽음처럼 불가항력적인 형식으로 찾아온다. 때로 이별은 여느 연인들의 그것처럼 막아낼 수 있는(?) 형식으로 다가온다. 어느 이별이 더 슬픈지는 묻지 않기로 하자. 사실 모든 이별은 불가항력이기 때문이다. 치명적인 이별을 경험해 본 이들은 알 것이다, 기어코 사랑하며 동행하겠다고 하는 마음과 끝끝내 아프더라도 이냥 헤어져야겠다고 하는 마음이 한순간에도 열두 번쯤 오간다는 점을. 그걸 알면서도 선택하는 길이 이별이다.

조상용도 이별의 길을 택했다. 그가 짤막한 시, '계.절.은. 그.렇.게 / 봉.숭.아.물.이.빠.진.손.톱.위.에 / 안.개.빛.반.달.

* 충북 청주에서 태어났으며, 2009년 〈시와경계〉에 평론을 발표하며 작품 활동을 시작했다. 평론 「거울에서 나온 소녀가 누드를 지운다」, 「사이(間)의 행방에 관하여」 등이 있고, 공저서 『도시 공간의 이미지와 상상력』이 있다. 현재 서울시립대 강사로 활동 중이다.

을.그.려.넣.고.있.다' (「가을-그리움을 망각하다」, 『선물』, 글벗, 2008)를 쓰며 스물여섯 개나 되는 온점을 찍었을 때만 해도 그 온점을 가슴으로 새긴 줄은 미처 알지 못했다. 그런데 그는 그 온점을 하나하나 새기는 데에도 꽤나 오랜 시간을 소요했던 것으로 보인다.

> 며칠 동안 '비가 온다'와 '비가 내린다'를 두고 불을 끄지 못했다
> 또 며칠은 '비가 그쳤다'와 '비가 멎었다'를 놓고 발가락만 긁어댔다
> 한 문장을 만드는 데 그렇게 며칠 동안과 또 며칠이 걸렸다
> ― 「근대문학(樂)의 종언」 부분

이별 후의 마음속 풍경이다. 비가 오고 있다. 아마도 비가 내리고 있었을 것이다. 우리는 '비가 온다'와 '비가 내린다'라는 두 가지 서술의 차이를 인식할 수 없다. 또, '비가 그쳤다'와 '비가 멎었다'의 경우는 어떤가. 역시 두 문장의 의미적 차이를 식별하는 일은 불가능하다.

좀 더 정확히 말하면, 그것에는 어떠한 의미적 차이도 없다. 하지만 그것들의 사이에는 분명한 사실 하나가 존재한다. 바로 '며칠 동안과 또 며칠'이라는 시간이 흘렀다는 사실 말이다. 조상용은 그 시간을 견디며 스물여섯 개의 온점 혹은 그 이상의 온점을 새기고 있었다. 『텍스트에 대한 예의』는 이렇게 곡진히 빚어낸 산물이다.

시간은 무던히도 흐르고 있었다. '한 문장을 만드는 데 그렇게 며칠 동안과 또 며칠을' 소비했다. 그러나 저 '문장' 바

깥의 상황은 결코 달라지지 않을 것이다. 그것이 이별의 속성이니까. 그럼에도 불구하고 시인은 왜 '비가 온다'와 '비가 내린다'를 두고 고민해야 했던 것일까. 나는 『텍스트에 대한 예의』를 읽으며 그 질문을 앞세우고 싶었다.

2

우리가 '문장' 안의 상황에 관해 물을 때, 즉 이별에 관한 기록 중 아무런 의미적 차이가 없는 문장들을 쓴 이유를 물을 때, 조상용은 그 대답에 앞서 이별을 대하는 심정을 먼저 보여준다.

> 변명 같이 들리겠지만
> 그래도 사람이라고
>
> 늘 이별은 아팠다
>
> > ─「오후 네 시」 부분
>
> 한 숨, 한 숨이 아프고 또 아프다 그다음 말은 생각나지 않는다
>
> > ─「그만 모르는 이야기」 부분
>
> 다시는 사랑하지 말자, 아니
>
> 다시는 이별하지 말자
> 써 본다
>
> > ─「남자가 눈물 흘릴 때」 부분

범박하게나마 『텍스트에 대한 예의』에서 이별을 대하는 시적 주체들의 심정을 읽어내야 한다면 위의 몇 행 정도면 충분하다. '늘 이별은 아팠다', (과거형으로 바꿔 읽어) '한 숨, 한 숨이 아팠고 또 아팠다 그 다음 말은 생각나지 않았다', 그리하여 기어코 '다시는 사랑하지 말자' 라고 다짐도 해봤다.

「오후 네 시」에서 시적 주체는 두 개의 시간을 보여준다. '바람난 유부녀를 일별하고 집으로 / 돌아가' 던 '개같이 뜨거웠던 세 시' 와 '오후 네 시', 그 다른 시간에서도 '늘 이별은 아팠다' 라고 말한다. 「그만 모르는 이야기」에서 이별은 반복적인 징후와 병리적 징후를 드러낸다. '해마다 달력을 바꿔 걸 때마다 비로소 그리고 문득 우리의 장마는 시작된다' 라고 했다. 이 시집에서 물의 이미지는 '이별' 의 표상으로 등장하는데, '우리의 장마는 시작된다' 라는 시적 서술 앞의 시구 '해마다 달력을 바꿔 걸 때마다' 와 '비로소 그리고 문득' 등은 각각 그것이 반복적인 것이며 병리적인 것임을 보여준다. 「남자가 눈물을 흘릴 때마다」에서 시적 주체는 '다시는 사랑하지 말자, 아니 // 다시는 이별하지 말자' 라고 단호한 어조로 말한다.

위에서 살펴본 세 편, 그리고 「마주치지 말자」와 같은 제목들은 이별을 경험한 이들이라면 누구나 내뱉어봄 직한 어법을 크게 넘어서지 못한다. 이는 시(인)의 탓이 아니라 '이별' 이라는 주제가 '사랑' 만큼이나마 진부해진 탓이리라. 하지만 「오르가즘에 대한 방정식」에 이르면 우리는 이별을 대하는 조상용의 새로운 인식과 마주할 수 있다.

전화를 걸었다
전화를 받았다 여자가

입은 있는데 귀는 없었다
감히 상상도 못했을 일이다
1년 전에
그 아름다운 해변을 창에 걸어 둔 모텔에서
뜨거운 섹스를 나누었던 사람이 너였단 말인가
그 번지를 알 길 없는 골목길 계단을 껴안고
차갑게 가슴을 저울질했던 사람이 너였단 말인가
입은 있는데 귀는 없었다
지난 오르가즘은 가히 기계적이었다
　　　　　　　　　　—「오르가즘에 대한 방정식」 부분

　　이 시의 시적 주체는 '너'라고 호명되기도 하는 '여자'에게
문자 메시지를 보내고 전화를 걸고 있다. 앞의 인용 부분은
'내'가 전화를 거는 장면부터이다. '내'가 전화를 걸자 '여
자'가 전화를 받은 것 같다. 여기까지에 대해서는 다른 해석
의 가능성이 별로 없다. 문제는 그다음의 한 행, '입은 있는데
귀는 없었다'라는 부분이다. 여기에서 그 '입'은 누구의 것이
며, 그 '귀'는 누구의 것인가?
　　먼저 '입'을 '나'의 것으로 '귀'를 '여자'의 것으로 볼 수
있다. 이렇게 본다면, '나'는 전화를 걸었고 '여자'는 전화를
받지 않은 상황으로 비친다. 이러한 해석은 '전화를 받았다
여자가'라는 시구와 모순되지만, 이별 후의 상황임을 고려할
때 가능성이 전혀 없는 해석이라고 할 수는 없다. 두 번째,
'입'을 '여자'의 것으로 '귀'를 '나'의 것으로 볼 수 있다. 이
렇게 보면, '여자'가 전화를 받았고 아마도 그것이 무엇이든
말을 했을 것이다.
　　그러나 '나'는 듣지 못한다. 첫 번째 해석과 동일하게 이러

한 해석도 이별 후의 상황임을 고려하지 않으면 성립될 수 없다. 또 다른 해석도 가능하다. '입'과 '귀'를 모두 '여자'의 것으로 보거나 '입'과 '귀'를 모두 '남자'의 것으로 볼 가능성이 그것이다. 그 어느 방법을 택하든 '입은 있는데 / 귀는 없었다'라는 시구의 해석이 명확해지지는 않는다.

이와 같은 해석의 다양성은 두 가지 의미를 지닌다. 먼저 해석의 다양성을 위 시의 제목 「오르가즘에 대한 방정식」과 관련지어 생각해보자. 잘 아는 바와 같이, 방정식은 항상 근(根)이라고 하는 값이 미지수로 특정될 때에만 그 등식이 성립한다.

이러한 바는 우리네 사랑과 유사하다. '나'에게 그녀(가령 시 속의 '여자')가 특정될 때에만 우리의 사랑은 유효하다. 그 특정이 불가능한 상황을 우리는 다양한 시어로 달리 말할 수 있다. 가령, '이별'이라거나 '스토킹'이라거나. 이즈음에서 우리는 「오르가즘에 대한 방정식」이라는 제목을 차용하여 조상용의 시를 '이별 방정식'이라 부를 수 있지 않을까.

또 다른 의미는 조상용의 시가 윤리로 한 발짝 더 가까이 다가가고 있다는 사실이다. 위 시에서 '나'와 '여자'는 거절(Die Versagung)이라는 귀결에 도달하고 있다. 앞서 이야기한 바, 그 '거절'의 의미가 무엇인지는 명확하지 않다. 하지만 슬라보예 지젝이 강조하는 바와 같이 '거절 그 자체'로서 '거절'의 형식 자체가 전체 내용을 포괄하기에 그것만으로도 아주 독특한 시적 양상이라 말할 수 있다. 우리는 그 경지를 '윤리'라 말한다.

조상용의 『텍스트에 대한 예의』를 '이별 방정식'이라 명명할 수 있다면, 우리는 '방정식'이라는 시어가 함의하는 바를 면밀히 살펴볼 필요가 있다. 왜냐하면 조상용의 '이별 방정식'은, 우리가 기어코 사랑하며 동행하겠다며 다짐을 하듯, 방정식을 유지시키기 위한 노력이 아니라 오히려 그 방정식을 파괴함으로써 텍스트의 새로운 의미 지평으로 나아가고 있기 때문이다. 가령 다음과 같은 시구를 보자.

> 이 별에서 이별에 대해 가장 잘 알고 있던 누나는
> ──「이별에 대해」부분

이별을 어떻게 정의할 수 있을까. 시인은 「이별에 대해」에서 '이별(離別)'을 '이 별(星)'에서 가져온다. 이별도 이 별에서 일어나는 사건이기는 하나, 시인은 '여기'의 의미에 대한 깊은 고찰을 과감히 배제시킨다. 그리하여 '이 별'을 붙여 씀으로써 '이별'의 사전적 의미에 한 가지 의미를 덧붙인다. 이러한 의미 지평의 확장은 표제시인 「텍스트에 대한 예의」에서 그 백미에 다다른다.

> 마침내 신천지를 발견했다
> 의식주도 감정도 입도 귀도 필요 없이 그저 자음과 모음, 그리고 눈과 손가락만 있으면 되는 세상 문명의 속도에 맞추어 과학자들은 새로운 이모티콘을 만들어 내면 되고 눈은 어안렌즈처럼 시야가 극도로 넓어지면 되고 손가락은 한 손에 하나씩 두 개가 공포스러울 만치 예민하게 진화하면 된다 왕은 죽었으며 묘지도 필요 없다 검은 리본 하나 닉네임 앞에 하루쯤 달고 두 줄기 자음을 눈물처럼 뿌려주면 된다
> 목적어가 주어를 삼켜도 기의와 기표가 레슬링 세계 선수권 대회를 치르더라도 0과 1과 2가 스와핑을 하더라

도 문(文)에서 맥(脈)이 끊기더라도 로그를 아웃 하면 누
구도 죽거나 다치지 않는다
영혼이 없어서 그림자도 없으니 오로지 필요한 것은 텍
스트에 대한 예의뿐이다
— 「텍스트에 대한 예의」 전문

'마침내'라는 말마따나 시인은 위의 시에서 텍스트가 전복
되는 엄청난 광경을 목도하고 있다. '신천지'라고 부르는 그
곳은 아마 우리가 거의 매일 같이 사용하는 인터넷 공간인 것
으로 보인다. 그곳에서는 '의식주도 감정도 입도 귀도' 필요
없다. 새로운 이모티콘과 어안 렌즈처럼 극도로 넓어진 시야
와 예민하게 진화된 손가락이 그 모든 것을 대체하고 있다.
'왕은 죽었으며 묘지도 필요 없다'라는 시구는 그 '신천지'가
상징계가 파괴된 공간임을 뜻한다. 이제 정말 실재계가 도래
한 것일까, 그곳에서는 어떠한 일들이 일어나고 있을까.
실재계를 꿈꾸는 이들에게는 다소 허망한 결론일는지 모른
다. 그곳에서는 아무런 일도 일어나지 않는다. 하지만 시를
따라 읽어보기로 하자. '목적어가 주어를 삼켜도', '기의와
기표가 레슬링 세계 선수권 대회를 치르더라도', '0과 1과 2
가 스와핑을 하더라도', '문(文)에서 맥(脈)이 끊기더라도' 그
곳에서는 아무런 문제도 발생하지 않는다. 단, '로그를 아웃'
할 수 있다면 말이다.
우리는 조상용의 시편들을 줄곧 이별에 대해 말해왔으니
동일한 방법으로 읽어보도록 하자. 앞의 시구들의 의미를 조
금이나마 구체적으로 고민해보기 위해 앞서 읽었던 시의 한
구절을 다시 읽어보자. '다시는 사랑하지 말자'(「남자가 눈물
흘릴 때」 중에서) 이 시구에서 '사랑'이 숨은 주어 '나'를 삼키

거나, 그 '사랑'의 기표와 기의가 전복되거나, 그 문맥이 끊겼을 때 어떤 변화가 생길까? 아마도 어떠한 변화가 초래된다는 점을 자신 있게 말할 수 없으리라. 가령, '다시는 사랑하지 말자'를 전복한다고 하여도 '다시는 이별하자'라는 문장이 성립할 수 없으리라. '다시는 이별하지 말자'를 전복한다고 하여도 사정은 매한가지다. 변화되는 것은 실은 아무 것도 없다.

3

이별의 순간은 오고야 말 것이다. 조상용의 『텍스트에 대한 예의』는 숱한 이별에 바치는 시다. 나는 조상용의 시를 그의 시편에 기대어 '이별 방정식'이라 명명했다. 또, 시인이 그 '이별 방정식'을 유지하기 위해 노력하는 것이 아니라 오히려 그 방정식을 파괴함으로써 텍스트의 새로운 의미 지평으로 나아가고 있다고 생각했다. 하지만 그 상징계가 파괴되고 우뚝 세워진 실재계는 실망스러웠다. 그 실재계에서는 실제로 아무런 일도 발생하지 않았거나 발생할 수 없었다. 따라서 우리는 이별의 경험을 지속할 것이다.

그러나 어쩌면 누군가는 이러한 결말을 예감했을 수도 있겠다. 『텍스트에 대한 예의』는 잘 맞게 짜인 방정식이고, 방정식의 해(解)는 항상 하나만 존재하기 때문이다. 바로 '나'와 '당신', 그리고 이별. 그리하여 '다시는 사랑하지 말자, 아니 이별하지 말자'를 다시 음미하거나 다음과 같이 고쳐 써야 할는지 모른다.

다시는 이별하지 말자, 아니 다시 사랑하지 말자!